PANEGYRIQVE

DE TRES-NOBLE
ET R. M. FRANCOIS
DE HARLAY, ABBE'
de sainct Victor.

Sur le Bonnet de Docteur en Sorbonne, par luy pris le troisiesme iour de Feurier, l'an 1610.

Par M. L. M.   D. E. TH.

A PARIS,

Chez ESTIENNE PERRIN, ruë de Versaille, pres la porte S. Victor, aux trois Rois.

ΕΙΣ ΤΟ ΛΑΜΠΡΟΤΑΤΟΝ.

ΤΗΣ ΘΕΟΛΟΓΙΚΗΣ ΔΙΔΑΣΚΑΛΙΑΣ

βραβεῖον, ὃ τὸν Πῖλον τῆς Θεοσοφίας Σορβονικῆς ἐξαίρετον,

παρὰ τῷ ΦΡΑΓΣΙΣΚΟΥ ΑΡΛΑΙΟΥ, τῶν κοινοβίων

Οὐικπελιανῶν Ἀρχιμανδρίτων ἀξιωτάτου, νεωστὶ ἀνακομισθέντα,

Ἐπινίκιον.

Λ Αμπρὰ μὲν ἀργαλίων δωρήσατο ἡμῖ ἀμιλλᾶν,
Ἀνδράσιν Ἀρχίῃ νικοφόροισι κόνις.
Εἰ γὰ Ὀλυμπιακοῖς ἤσω τὶς καλὰ ἀρῶσιν
Ἠσκήσεν, κόμπον θηλεπάοντ᾽ ἔλαβεν.
Ἡ ῥὰ παρ᾽ Ἰσθμιακοῖσιν ἁλὸς μεδέοντα γεραίρων
Λάμψε πόροισι, πόλης δῆρε σέλινα γέρας.
Ἤπη μάχῃ Πυθίαις. ψαμάθοις ἐνὶ αἰκαίρεας
Δμῆσε θοῇ, μήλων ἔλαχει ἀπεπάλων.
Αμπῆ ὦχα χρὶν πληκτίζετο Ἀρχεμόρειο,
Θαίδιμος ὑψιπέτῃ αἰπικόμισε πίτυν.

Τοῖς ἄρα θαμβήσεις κατὰ δωρήμασιν Ἑλλάς,
  Μόρσιμον ἀζομένη σώματος ἠτορίην.
Μᾶλλον ἐγώ, ΑΡΛΑΙ, ὀροφίω θαυμάζομ' ἑάων
  Ἡν ἀπὸ Σορβονίκης σιωπυχίης δέχεαι.
Τόσσα γὰρ ὕπας ὑπὲρ Πῖλος φεγγ' ἄθλα Πελάσγων,
  Ὅσσα σὺ ἡβητῶν πανσοφίη κρατέεις.

IN LAVREAM DOCTORATVS

insignem, à Nobiliſſimo & Reuerendiſſimo
D. Francisco Harlæo , Abbate
Cœnobij S. Victoris Pariſienſis
meritiſſimo, relatam,

ODE.

HARLÆE, eximiis dotibus inclyte,
Firmū Sorbonicæ præſidiū domus,
Quę te arguta polo tollere barbitus
E ſacris poterit Caſtalidum tholis?
Quis diuiniloquus pectine eburneo,
Mirandas fidicen panget adoreas,
Quas Sorbona tuis æqua laboribus,
Maiores titulis ſacrat Olympicis?
Eleo ſiquidem puluere clarius,
Nil olim rapidi fax Hyperionis
Luſtrauit, Pharias ſeu radians aquas,
Vrſæ vel peteret Parrhaſiæ niues.
Herboſas etenim ſi quis ad Alphei
Ripas, Pindarico carmine nobiles,
Immenſum celeri quadrupedum vngula
Æquor carceribus præriperet ſuis;
Aut lati ſolidum condere nubibus

Difci poffet onus, feu mage concita
Saltu Theffalicam frangere femitam;
Vel cæftu potior fanguineo pugil,
Fixo Tyndaridem deijceret gradu,
Aut exercitio vinceret æmulos
Quod Maia genitus repperit aliger.
Argiuæ medius gentis ad infulam
Regis Tantalidæ, pacificæ aureas
Ornabatur oliuæ foliis comas.
Tum clangore cauæ raucifono tubæ,
Victor per populos nomine plurimo
Sparfus finitimos, atque cibo Atticæ
Donatus Prytanis perpetuo, fuper
Turres Mopfopias fedibus erutas
Tollebat rapidum fcamma, niuentibus
Circumuectus equis, atque fuam viros
Inter Chalcidicis frondibus obfitos,
Spectabat pofitam clarus imaginem.
  Quod fi corporeis Cecropidæ toris
Tot olim dederint dona, tuis age
Quot laudum cumulos Francigenę ferent
Lęti nominibus, feu veteres canant
HARLÆÆ proauos cultaque ftemmata
Gentis, Mænaliæ quæ iaculis deæ
Primæua Odryfium Latoidędu cem
Iungit, confpicuis Attalicas opes
Factis, & Latiæ militiam togæ.
  Tu cum fratre pio (quem colit artibus

Admirata ſuis vtraque Tritonis)
Tanta ſtirpe ſati, tenditis arduę
Ad Famę vario tramite verticem.
Dignus prole parens ter meritiſſima !
Proles digna ſuo ter ſapiens patre!
Quo nullum pietas, conſilium, fides,
In magnis patriæ nota negotiis
Commendant mage, nec purpurei decus
Oris, nec liquido rore fluens melos.

Non me clara tamen nobilitas ſibi,
Nec cornu exuberans copia diuite,
Nec frontis roſeus ſic lepor excitat;
Quàm mens ætheriis curſibus acrior,
Virtutum radiis innumeris nitens,
Et nulla vitij furua libidine.

Tu ſi carminibus iungere Doricos,
Et Gallos cupias Auſoniis modos,
Aut verbis homines flectere liberis;
E montis bifidi culmine pellicis
In Campiualeos Aonias lares.

Tu, ſi dædaleo mentis acumine
Diuinam libeat tetrada myſticæ
Rimari Sophiæ, quæ ſuperis potens
Illuſtres animas cætibus inſerit;
Te non Carneades viuidiùs ſagax
Soritas cumulat, nexaque legibus
Argumenta tuis, quas venientibus
Scripto conſtituis temporibus libro.

A iiij

Non te Critolai lingua potentiùs,
Mores Socraticis vocibus inſtruit.
  Naturæ genius Phæſtiades, iubar
Doctrinæ rutilum multiplicis, faci
Se præferre tui non putat ingeni;
Mundanæ quoties abdita machinæ
Elementa, vices, & penitas iuuat
Perluſtraſſe vias : natus Ariſtone.
Te nunquam propiùs, corpore liberas
Formas, quæ tremulis aſtra rotantia
Cyclis exagitant, vidit & intimis
Cauſarum tetrades motibus obuias.
  Te deuota Deo plebs ſi fidelium,
Nunc molli placidum flumine, turgido
Nunc torrente minacem audierit, noua
Quando cum veteri dogmata fœdere,
Et Moſem ſocias cum duce gentium :
Demiſſum veluti nubibus Orphea
Miratur, Stygiis è tenebris polum
Qui manes reuocas, atque ſuæ auios
Vt poſtliminio reddis origini.
  At quantus ſtupidis auribus intonas,
Et quam terrifico fulmine concutis
Sorbonam, empyreum quæ reſonat melos;
Dum motus animi pennigeros prope
Ter ſanctæ Triados nubiuagum exeris
Debir, vel geneſin mirifico Dei
Productam imperio dicis, & incolas

Cœlorum volucres, aut vitium patris
Primæui, vitiis posterioribus
Fœcundum, atque Dei bis geniti cruce
Deuicta Eumenidum regna furentium:
Aut septena dein, queis patitur salus,
Sacramenta nouis iuncta fauoribus,
Quos diuina piis gratia cordibus,
Optatæ generat pignora gloriæ.
  Hoc cum sole magis fulgeat igneo,
Queis non iure tuas turma frequentior
Virtutes celebrat muneribus, bona
Quam Sors veridico nuncupat omine,
Formidata nigris turma cohortibus?
Hæc primum socios inter amabiles
Quos & nostra pios, & sapientia
Bellatrice vident tempora martio s
Te desideriis, chara velut parens
Dilectam sobolem, sollicitis fouet;
Pernices animi, prę Iouis alite,
In res ętherias suspicit impetus,
Præconis Pythio Palladios super
Attollit proceres carmine, vt aureum
Candoris specimen, robur aheneum
Romanæ fidei, Pieridum iubar,
Errorique malam Caluinico luem.
  Hæc te non veluti Gręcia, feruidum
Cursorem stadij iactat Olympici,
Non duris pugilem cœstibus horridum,

Non sertis oleæ tempora mollibus,
Non lauro viridi, non apio maris
Arridente Deo, glandeve nubilat:
Ast vrbe in media, seu magis altero
Orbis prodigio Lutetia, entheum
Victorem Inscitiæ desidis explicat.
Quam non vel domitrix Amphitryonij
Vis vnquam domuit principis, improbas
Quam non Bistoniis, Stymphalidas velut,
Confixit iaculis Zethus, Amaltheæ
Quam nec pelle potis vincere Perseus,
Nec Bellona feris cincta phalangibus.

   Hoc ferale bono, quod sociis prior
Ostentum augurio fuderis, haud breui
Florum bracteola, quam rabidis valet
Rerum tempus edax carpere dentibus,
Sed primo meritum cingit ouans caput,
Cui cedunt tiaræ sceptráque, Pileo.

   Eia macte animis, ô iuuenum decus,
Lætos pande sinus, & manibus rosas
Permistas violis sume fauentibus.
Certus, quod si tuæ tanta peritiæ
Ornamenta refert, nunc Sophię cohors;
Mox hunc, qui niger est vellere, Pileum
Paulus Romulidum Præsul, & Erricus
Ambo Christicolûm sidera (Delio
Vati dextra fauent omina) flammeo
Mutabunt Petasi murice splendidi.

HYMNE
SVR LE MESME
SVBIECT.

Ille de l'Eternel, dont la pure clarté
Penetre iusqu'au sein de la diuinité,
Fay que d'vn air puissant à ce coup ie resonne, (bonne.
Les honneurs d'vn HARLAY, Docteur de la Sor-
  La Grece, qui iadis fut le centre admiré,
Dont l'humaine sagesse a ses lignes tiré,
Pratiquant le conseil de son diuin Alcide,
Ordonna par ses loix, que sur le champ d'Elide
De cinq en cinq moissons ses enfans bien apris,
Eussent à rechercher de cinq combats le prix.
Celuy qui plus adroit en luittant sur l'arene,
Mettoit son aduersaire hors de poux & d'halene,
Qui lâçoit mieux en l'air vn gros disque pesant,
Qui couroit à l'enuy d'vn traict porté du vant,
Qui d'vn effort nerueux, sorty de la barriere,
Sautant frāchissoit mieux le bord d'vne carriere,
Ou qui couurant ses mains de gantelets plombez,
Domtoit ses ennemis sur la place tombez,
Portant vn laurier verd, destiné pour sa gloire,
Eternisoit son nom sur l'autel de Memoire.

Cestui-cy dont le cœur & l'effort indomté,
Auoit de ses egaux la valeur surmonté,
Maistre du champ poudreux au côbat Olympique,
Estoit tenu des Grecs l'heros plus magnifique.
S'il falloit que son nom, comme vn flot ondoyant,
Fut porté par les coins de la Grece bruyant,
En trois diuers endroits le son de la trompette
Retentissoit au loz de ce puissant Athlete.
L'vn pres du mont Olympe, eu palmiers fleurissât,
Où gisoit à l'enuers son hayneux fremissant,
L'autre en l'Academie, & puis en la contree,
Qui d'vn si vaillant fils se tenoit illustree.
Et s'il falloit encor, pouruoir qu'à l'aduenir
Deux sinistres demons n'eussent à retenir
Son renom glorieux, l'vn suiuy d'Oubliance,
L'autre de Pauureté, qui les vertus offense:
La Grece par ses loix ce desastre euitant,
Vouloit que ce guerrier de l'escrime sortant,
Sans estre trauersé d'aucun soucy prophane,
Fut nourry pour iamais du publique Prytane.
Que gouuernant vn char de lauriers entourné,
Il fut pompeusement dans les villes trainé,
Et veit aux yeux de tous son image plantee,
Entre les demi-dieux de la terre domtee.

Que si le Grec touché d'vn subtil mouuement,
D'estendre son renom par ce bas element,
A randu tant de prix à la force grossiere,
Qui munit pour vn têps de nos corps la matiere,

Combien doit à l'enuy le François genereux
Mon HARLAY, te priſer, qui d'vn ſort bien-heu-
    reux
Enfermes tous les dons, que les aſtres propices
Verſent ſur ceux qu'ils ont en leurs cheres delices.
N'eſtant rien d'acomply ny du monde eſtimé,
Dont le pourtraiĉt en toy ne reſpire animé.
    Quelqu'vn en s'arreſtant aux grãdeurs de ta
    race,
Qui par ſon tige antique & ſon luſtre ſurpaſſe
Les cigales d'Athene, & les tableaux fameux,
Que Rome conſeruoit à ſes geſtes fameux :
Dira, comme le nom & les armes puiſſantes
Des Harlais, s'accroiſſans en vertus excellentes,
Ont paru dans le ſein de la Franche-conté,
Deſlors que ſoubz la Croix mil ans on a conté :
Et lors qu'vn S. Robert commandant à la Frãce,
Baſile moderoit la Gregeoiſe inſolence.
Ces vieux tiges depuis en cent brãches croiſſants,
Ont porté maints heros leur grandeur auançans :
Dont les vns ont atteint le rocher de Parnaſſe,
Et les autres d'Hercul la prudance & l'audace,
Couplans heureuſement les lauriers touſiours
    verds,
Aux palmes dont Bellonne a ſes tẽples conuerts,
    Vn autre s'enquerant du coſté de ta mere,
    Quelle terre a produit ta racine premiere,
Des Seigneurs de la MARK te verra deſcendu,
Dont l'arbre verdoyant par l'Europe eſtendu,

A paré de ses fleurs l'Aigle fils du tonnerre,
Les trois lys des François, & les clefs de S. Pierre.
Et venant de plus pres à tes iours fortunez,
Que d'aucune faueur le destin n'a bornez,
Vn flambeau marquera, dont la terre se vante
D'admirer les rayons & la flamme luysante:
Vn pere en qui du ciel le fauorable soin
A mis tous les tresors, dont il auoit besoin
Pour orner vn Seigneur, qui fut de la noblesse
Le miroir transparant, & de toute sagesse.
Seigneur, dont le conseil ne cede a la bonté,
L'eloquence au sçauoir, la grace à la beauté:
Heureux, d'auoir trouué dedans son mariage,
De ces dignes vertus le fertil appennage!

   Vn autre derechef craignant de faire bris,
Sur ce vaste Ocean de nul terme compris,
Chantera par ces vers la valeur de ton frere,
De son diuin esprit la brillante lumiere,
La candeur de ses mœurs, son parfaict iugement,
Et son sçauoir poly, qui traite elegamment,
Soit en libre discours, soit en douce harmonie,
De tout ce que sa voix & sa plume manie.

   Bref quelqu'autre effleurāt l'email de tes vert⁹
Et non celles des tiens de tout loz reuestus,
Nombrera les faueurs dont la riche nature,
A paré de ton corps la celeste figure,
Faueurs, qui tesmoignans ton interne beauté,
Meslent tant de douceur auec la grauité,

Qu'on te peut à bon droict pour ces graces eſlites,
Prononcer l'ornement & la fleur des Charites.
   Mon HARLAY, c'eſt ainſi qu'vn vulgaire diſcours
Enfleroit ſeulement de ta gloire le cours,
Ne touchant dignement au but de ton merite:
Mais moy, que le tranſport de tes vertus incite,
A tracer vn ſentier dans le vuide des cieux,
   Que nul mortel encor n'apperceut de ſes yeux,
Approchant de plus pres de tes dignes louãges,
Ne diray rien de toy que merueilles eſtranges.
   Athenes deſirant, que l'idole apoſté
De ſa vaine Pallas fut du monde vanté,
Controuua que du pied d'vne oliue naiſſante
Vn grand arbre ſortit, d'où la tige puiſſante,
Porta dés vn matin tirant iuſqu'a la nuict,
Vn grand nõbre de fleurs, de fueilles, & de fruit,
Reſſemblant en cela à la verge admirable,
   Qui maintint le grand Preſtre en ſa charge ho-
      norable.
   Or ſi le Grec menteur a voulu façonner,
Ce prodige nouueau pour le monde eſtonner :
Sans rien feindre pourtant enuers ta nourriture,
Ie dy qu'à ceſte oliue egale eſt ta nature.
   Qui deguiſant ſes mœurs en ſon age plus bas,
Pour ne ſuiure de pres de Minerue les pas,
Trompa d'vn dol heureux le menſonger preſage,
De ceux qui l'eſtrãgeoient d'vn tel apprentiſſage,
Et diſoient que iamais ta grande liberté,

Ne paruiëdroit au mont des neuf sœurs frequëté,
Car apres en sautant les destours de Grammaire,
Qui des tendres esprits sont la croix ordinaire,
Soudain on t'aperçeut entre ceux exceller,
Qui leurs maistres sembloient en sçauoir egaler.
» Ainsi dedans les cieux les Spheres eternelles,
» Ont leur cours plus actif que les choses mortelles,
» Et les corps d'icy bas sont d'autant accomplis,
» Qu'ils sont en moins de temps par leurs causes
   remplis.

 Que si pour faire voir la seure experiance,
De ce qu'en bannissant la brutale ignorance,
Peut vn subtil esprit, fils de l'eternité:
Tu taschois d'vn auteur remply d'obscurité,
Descouurir les secrets & la veine profonde,
Ta lumiere n'estoit à nulle autre seconde.
Si parlant tu voulois les oreilles charmer,
On voyoit l'auditeur en toy se transformer:
Si des Grecs eloquens imiter l'artifice,
Aucun te deuançant n'entroit en ceste lice.
Si pour tromper encor par vn charme benin,
Du trauail d'Apollon le doux aigre venin,
Il te plaisoit d'vnir à ta ieune Thalie,
Les rimes des François, ou les vers d'Italie:
Rapin ton grand amy, sousmettoit maintesfois
Aux accens de ta Muse, & sa plume, & sa voix.

 Depuis, comme tu prins le courage & l'adresse
De passer plus auant au temple de Sagesse,

       Et que

Et que d'vn œil subtil tu vins à rechercher,
Les tresors qu'il pouuoit soubs ses voyles cacher
Tu fis vn tel seiour en si saincte demure
  Qu'Aristote & Platon, Epictete, Mercure,
Pythagore, Zenon, Socrate, Arcesilas,
Ny les plus fauoris d'vne saincte Pallas,
N'eurēt iamais aucun qui de tous leurs mysteres
Toucha plus dignement les articles sinceres.
Ie ne veux de cecy plus certain argument,
  Que ton docte volume, où l'on voit clairement,
Comme il faut asseurer vne preuue Logique,
L'euidente poser, soudre la Sophistique.
Volume, qui naguere a si bien estonné,
Ceux de qui l'infiny n'a le sçauoir borné,
  Que mesme le grand Lipse a voulu par sa plume
T'honorer de son loz, que le tems ne consume.
    De plus, comme tu vins plus discret à choisir,
Vne trace conforme à ton sage loisir,
  L'esprit de l'Eternel embrasa dans ton ame,
Vn Zele nompareil de cognoistre sa flame,
Sa nature, ses noms, & les crayons diuers,
Sur qui fut façonné l'estre de l'vniuers.
Tu recogneus alors l'auteur de la nature,
Et les Anges exempts de la matiere im pure,
Dont les vns affermis en leur integrité
Virent les clairs rayons de la diuinité:
Et les autres bandez en leur propre malice,
Furent liurez sans fin à l'infernal supplice.

Tu recogneus auſſi le iardin de plaiſir,
Où du premier Adam ſe combloit le deſir,
Et cet Ange peruers, qui ſaiſi de l'enuie
Du bon heur accordé au chef de noſtre vie,
L'induiſit à gouſter de l'arbre defendu,
Par qui ſur les humains tout mal fut repandu.
Bref tu cogneus enfin, qu'en vertu de ce crime,
Tout l'enfer redoubla tellement ſon eſcrime,
  Que pour le ſurmonter, le Verbe tout puiſſant
Vint endurer la mort, ſur le bois languiſſant,
Bois mille fois heureux, d'où ſort en abondance,
L'eau qui va nettoyant de nos crimes l'offence,
Et qui nous arrouſant de benediction,
Par ſept larges canaux s'eſcoule dans Sion,
  De ces diuins obiects repaiſſant ta penſee,
Hors de tous vain ſoucy vers ſa ſource dreſſee,
  Qui peut dire comment par le cours de trois ans
Elle guinda ſon vol vers les aſtres luyſants?
Celuy ſeul la cogneu qui t'a veu dans Sorbonne,
En moins de quatre mois remporter la couronne,
De trois actes diuers d'autant mieux ſouſtenus,
  Que plus ils ont eſté par le tems preuenus.
  Mais ce qui dabondant encherit ces merueilles,
Eſt que ſans retrãcher aucun point de tes veilles,
Ny de tes grands labeurs par l'Eſcole honorez,
On t'a veu maintesfois dans les temples dorez,
Or' lancer puiſſamment ſur les ames impures,
Le carreau foudroyant des ſainctes eſcritures.

Ores en t'abaiſſant d'vn ſon harmonieux,
Les rauir doucement ſur la voute des cieux :
Et ioindre d'vn tel art les ombrages antiques,
Aux noũueaux ſacremens des loix Euãgeliques,
Le Prophete à ſainct Paul, le zele à l'action,
Et les Docteurs ſacrez à la Tradition,
Qu'on te croit egaler par ta ſage eloquence,
Les plus diuins clairõs, qui s'entendent en Frãce.
    Quoy plus y a t'il rien en ſon eſtre parfaict
Qui n'ait produit en toy ſon veritable effect?
Soit qu'on vueille eſtimer les vertus immortelles.
Qui de ta volonté ſont les gardes fideles,
L'eſperance, la foy, l'amour, l'integrité,
Le courage inuincible, la graue humilité,
Soit ton mœur iugement & ta ferme memoire.
Qui font vn doux cõcert des arts auec l'Hiſtoire.
    Bref ne ſe voir eſmeu d'aucune paſſion,
N'auoir le cœur voilé d'aucune fiction,
Rechercher d'vn grand ſoin tous les bons exem-
          plaires,
Qui de l'antiquité ſont les Dieux ſalutaires,
Cherir vniquement ceux qui ont adiouſté,
Vne rare doctrine à leur ſyncerité,
Meſler vn œil ſerain auec la modeſtie,
N'auoir d'aucune aigreur ſa bonté peruertie,
Eſtre touſiours à ſoy, conſtant, laborieux,
Sans orgueil, ſans chagrin, debonnaire, pieux,
Et tenir dedans ſoy toutes graces encloſes,

Sont de ton paradis les œillets & les roses.

   Qui donc considerant les tresors excellens,
Que le ciel contribue à l'Auril de tes ans,
Se doit emeruciller, si la saincte Sorbonne
Temple de la vertu, de la foy la colomne,
Apres auoir cogneu, que dans toy sont compris.
Les riches ornemens des plus diuins esprits,
A posé sur ton chef ce Bonnet venerable?
   Qui marquant pour iamais ta doctrine notable,
Surpasse de beaucoup les celebres lauriers,
   Qu'Elide reseruoit à ses dignes guerriers,
Les palmes de Sion, les sablons du Pactole,
Et les chars triomphans du Romain Capitole.
   Que si, mon grãd HARLAY, la docte Faculté.
Qui d'vn heureux destin a le nom merité,
Coronne le printemps de ta verte ieunesse,
D'vn prix si glorieux, acquis par ta sagesse,
Et te donne sans pair, entre ceux de ton cours,
Le rang à qui l'honneur à son premier recours:
Ma voix predit, qu'vn iour le Pasteur de l'Eglise,
Auec le grand HENRY que la gloire eternise,
Te changera le noir de ce present nouueau,
Au sacré vermillon d'vn illustre Chapeau.